清·蒲松齡著

聊齋志異

三册

黄山書社

聊齋志異卷三

紅玉

淄川　蒲松齡　留仙　著
新城　王士正　貽上　評

廣平馮翁有一子字相如父子俱諸生翁年近六旬性方鯁而家屢空數年間媼與子婦又相繼逝井臼自操之一夜相如坐月下忽見東鄰女自牆上來窺視之美近之微笑招以手不來亦不去固請之乃梯而過遂共寢處問其姓名曰妾鄰女紅玉也生大愛悅與訂永好

女諾之夜夜往來約半年許翁夜起聞子舍笑語窺之見女怒喚生出罵曰畜生所爲何事如此落寞尚不刻苦乃學浮蕩耶人知之喪汝德人不知亦促汝壽生跪自投泣言知悔翁叱女曰女子不守閨戒既自玷而又復玷人倘事一發當不僅貽寒舍羞罵已憤然歸寢女流涕曰親庭罪責良足愧辱我兩人緣分盡矣生曰父在不得自專卿如有情尚當含垢爲好女言辭決絕生乃灑涕女止之曰妾與君無媒妁之言父母之命踰牆鑽隙何能白首此處有一佳耦可聘也生告以貧女曰

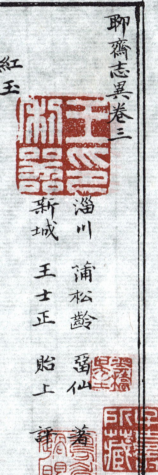

來宵相俟妾爲君謀之次夜女果至出白金四十兩贈生曰去此六十里有吳村衞氏女年十八矣高其價故未售也君重啗之必合諧允言已别去生乘閒語父欲往相之而隱饋金不敢告父翁自度無貲以是故止之生又婉言試可乃已翁頷之生遂假僕馬詣衞氏衞故田舍翁生呼出外與閒語衞知生望族又見儀采軒豁心許之而慮其靳於貲生聽其詞意吞吐會其旨傾囊陳几上衞乃喜浼鄰生居間書紅箋而盟焉生入拜媼居室偪側女依母自障微覩之雖荆布之飾而神情光豔心竊喜借舍款壻便言公子無須親迎待少作衣妝即合舁送去生與訂期而歸詭告翁言衞愛清門不責貲翁亦喜至日衞果送女至女勤儉有順德琴瑟甚篤踰二年舉一男名福兒會清明抱子登墓遇邑紳宋氏宋官御史坐行賕免居林下大煽威虐是日亦上墓歸見女豔之問村人知爲生配料馮貧士誘以重賂冀可摇使家人風示之生驟聞怒形於色既思勢不敵斂怒爲笑歸告翁翁大怒奔出對其家人指天畫地詬罵萬端家人鼠竄而去宋氏亦怒竟遣數人入生家毆翁及

子洶若沸鼎女聞之棄兒於牀披髮號救羣篡舁之閧然便去父子傷殘呻吟在地兒呱呱啼室中鄰人共憐之扶置榻上經日生杖而能起翁忿不食嘔血尋斃生大哭抱子興詞上至督撫訟幾徧卒不得直後聞婦不屈死益悲冤塞胸吭無路可伸每思要路刺殺宋而慮其扈從繁兒又罔托日夜哀思雙睫爲之不交忽一丈夫弔諸其室虬髯濶頷曾與無素挽坐欲問邦族客遽曰君有殺父之讎奪妻之恨而忘報乎生疑爲宋人之偵姑僞應之客怒眦欲裂遽出曰僕以君人也今乃知不足齒之傖生察其異跪而挽之曰誠恐宋人餂我今實佈腹心僕之臥薪嘗膽者固有日矣但憐此褓中物恐墜宗祧君義士能爲我杵臼否客曰此婦人女子之事非所能君所欲託諸人者請自任之所欲自任者願得而代庖焉生聞崩角在地客不顧而出生追問姓字曰不濟不任受怨濟亦不任受德遂去生懼禍及抱子亡去至夜宋家一門俱寢有人越重垣入殺御史父子三人及一婢一媳宋家具狀告官官大駭宋執謂相如於是遣役捕生生遁不知所之於是情益眞宋僕同官

役諸處冥搜夜至南山聞兒啼跡得之繫纍而行兒啼愈嗔羣奪兒拋棄之生寃憤欲絕見邑令問何殺人生曰寃哉某以夜死我以晝出且抱呱呱者何能踰垣殺人令曰不殺人何逃乎生詞窮不能置辯乃收諸獄生泣曰我死無足惜孤兒何罪令曰汝殺人子多矣殺汝子何怨生既褫革屢受梏慘卒無詞令是夜方臥聞有物擊牀震震有聲大懼而號舉家驚起集而燭之一短刀銛利如霜剁牀入木者寸餘牢不可拔令睹之魂魄喪失荷戈徧索竟無踪緒心竊餒又以宋人死無可畏懼乃詳諸憲代生解免竟釋生生歸甕無升斗孤影對四壁幸鄰人憐餽食飲苟且自度念大讐已報則囅然喜思慘酷之禍幾於滅門則淚潸潸墮及思半生貧徹骨宗支不續則於無人處大哭失聲不復能自禁如此半年捕禁益懈乃哀邑令求判還衛氏之骨既葬而歸悲怛欲死輾轉空牀竟無生路忽有款門者凝神寂聽聞一人在門外譨譨與小兒語生急起窺覘似一女子扉初啟便問大寃昭雪可幸無恙其聲稔熟而倉猝不能追憶爇火燭之則紅玉也挽一小兒嬉笑跨下生不

暇問抱女嗚哭女亦慘然既而推兒曰汝忘而父耶兒牽女衣目灼灼視生細審之福兒也大驚泣問兒那得來女曰實告君昔言鄰女者妾也妾實狐適宵行見兒啼谷中抱養於秦聞大難既息故攜來與君團聚耳生揮涕拜謝兒在女懷如依其母竟不復能識父矣天未明女卽遽起問之答曰奴欲去生裸跪牀頭涕不能仰女笑曰妾誑君耳今家道新創非夙興夜寐不可乃翦莽擁篲類男子操作生憂貧乏不能自給女曰但請下帷讀勿問盈歉或當不殍餓死遂出金治織具租田數

十畝僱傭耕作荷鑱誅茅牽蘿補屋日以爲常里黨聞婦賢益樂貲助之約半年人烟騰茂類素封家生曰灰燼之餘卿白手再造矣然一事未就安妥如何詰之答云試期已迫巾服尚未復耳女笑曰妾前以四金寄廣文已復名在案若待君言悞之已久生益神之是科遂領鄉薦時年三十六腴田連阡夏屋渠渠矣女嫋娜如隨風飄去而操作過農家婦雖嚴冬自苦而手膩如脂自言三十八歲人視之常若二十許人

異史氏曰其子賢其父德故其報之也俠非特人俠狐

亦俠也遇亦奇矣然官宰悠悠竪人毛髮刀震震入木何惜不略移牀上半尺許哉使蘇子美讀之必浮白曰惜乎擊之不中

王漁洋曰程嬰杵臼未嘗聞諸巾幗況狐耶

林四娘

青州道陳公寶鑰閩人夜獨坐有女子搴幃入視之不識而豔絕長袖宮裝笑云淸宵兀坐得勿寂耶公驚問何人曰妾家不遠近在西鄰公意其鬼而心好之捉袂挽坐談詞風雅大悅擁之不甚抗拒顧曰他無人耶公

急闔戶曰無促其緩裳意殊羞怯公代爲之殷勤女曰妾年二十猶處子也狂將不堪狎褻既竟流丹浹席既而枕邊私語自言林四娘公詳詰之曰一世堅貞業爲君輕薄殆盡矣有心愛妾但圖永好可耳絮絮何爲無何雞鳴遂起而去由此夜夜必至每與闔戶雅飲談及音律輒能剖悉宮商公遂意其工於度曲曰兒時之所習也公請一領雅奏女曰久矣不托於音節奏强半遺忘恐爲知者笑耳再强之乃俯首擊節唱伊涼之詞其聲哀婉歌已泣下公亦爲酸惻抱而慰之曰卿勿爲此

亡國之音使人於邑女曰聲以宣意哀者不能使樂亦猶樂者不能使哀兩人燕昵過於琴瑟既久家人竊聽之聞其歌者無不流涕夫人窺見其容疑人世無此妖麗非鬼必狐懼爲魘蠱勸公絕之公不能聽但固詰之女愀然曰妾衡府宮人也遭難而死十七年矣以君高義托爲燕婉然實不敢禍君倘見猜疑卽從此辭公曰我不爲嫌但燕好若此不可不知其實耳乃問宮中事女緬述津津可聽談及式微之際則哽咽不能成語女不甚睡每夜輒起誦準提金剛諸經咒公問九原能自懺耶曰一也妾思終身淪落欲度來生耳又每與公評隲詩詞瑕輒疵之至好句則曼聲嬌吟意緒風流使人忘倦公問工詩乎曰生時亦偶爲之公索其贈笑曰兒女之語烏足爲高人道居三年一夕忽慘然告別公驚問之笑云冥王以妾生前無罪猶不忘經咒俾生王家別在今宵永無見期言已慘然公亦淚墮乃置酒相與痛飲女慷慨而歌爲哀曼之音一字百轉每至悲處輒便哽咽數停數起而後終曲飲不能暢乃起逡巡欲別公固挽之又坐少時雞聲忽唱乃曰必不可以久留矣

然君每怪妾不肯獻醜今將長別當率成一章索筆搆成曰心悲意亂不能推敲乖音錯節愼勿出以示人掩袂而去公送諸門外湮然而沒公悵悼良久視其詩字態端好珍而藏之詩曰靜鎖深宮十七年誰將故國問青天閒看殿宇封喬木泣望君王化杜鵑海國波濤斜夕照漢家簫鼓靜烽烟紅顏力弱難爲厲蕙質心悲只問禪日誦菩提千百句閒看貝葉兩三篇高唱梨園歌代哭請君獨聽亦潸然詩中重複脫節疑傳者錯悞

魯公女

招遠張於旦性疎狂不羈讀書蕭寺時邑令魯公三韓人有女好獵生適遇諸野見其風姿娟秀着錦貂裘跨小驪駒翩然若畫歸憶容華極意欽想後聞女暴卒悼歎欲絶魯以家遠寄柩寺中卽生讀所生敬禮如神明朝必香食必祭每酬而祝曰睹卿半面長繫夢魂不圖玉人奄然物化今近在咫尺而邈若山河恨如何也然生有拘束死無禁忌九泉有靈當珊珊而來慰我傾慕日夜祝之幾半年一夕挑燈夜讀忽舉首則女子含笑立燈下生驚起致問女曰感君之情不能自已遂不避

私奔之嫌生大喜挽坐遂共歡好自此無虛夜謂生曰妾生好弓馬以射麞殺鹿爲快罪業深重死無歸所如誠心愛妾煩代誦金剛經一藏數生生世世不忘也生敬受教每夜起卽柩前捻珠諷誦偶値節序欲與偕歸女憂足弱不能跋履生請抱負以行女笑從之如抱嬰兒殊不重累遂以爲常考試亦載與俱然行必以夜生將赴秋闈女曰君福薄徒勞馳驅遂聽其言而止積四五年魯罷官貧不能輿其櫬將就窆之苦無葬地生乃自陳某有薄壤近寺願葬女公子魯公喜生又力爲營

葬魯德之而莫解其故魯去二人綢繆如平日一夜側倚生懷淚落如豆曰五年之好於今別矣受君恩義數世不足以酬生驚問之曰蒙惠及泉下經咒藏滿今得生河北盧戶部家如不忘今日過此十五年八月十六日煩一往會生泣下曰生三十餘年矣又十五年將就木焉會將何爲女亦泣曰願爲奴婢以報少間曰君送妾六七里此去多荊棘妾衣裳難度乃抱生項生送至通衢見路旁車馬一簇馬上或一人或二人車上或三人四人十數人不等獨一鈿車繡幰僅一老媼在

焉見女至呼曰來乎女應曰來矣乃回顧生云盡此且去勿忘所言生諾女子行近車媼引手上之展軨即發車馬闐咽而去生悵悵而歸誌時日於壁因思經咒之效持誦益虔夢神入告曰汝志良嘉但須要到南海去問南海多遠曰近在方寸地醒而會其旨念切菩提修行倍潔三年後次子明長子政相繼擢高科生雖暴貴而善行不替夜夢青衣人邀去見宮殿中坐一人如菩薩狀迎之曰子爲善可喜惜無修齡幸得請於上帝矣生伏地稽首喚起賜坐飲以茶味芳如蘭又令童子引

去使浴於池池水清潔游魚可數入之而溫掬之有荷葉香移時漸入深處失足而陷過涉滅頂驚寤異之由此身益健目益明自捋其鬚白者盡簌簌落又久之黑者亦落面紋亦漸舒至數月後頷禿面童宛如十五六時兼好游戲事亦猶童過失邊幅二子輒匡救之未幾夫人以老病卒子欲爲求繼室於朱門生曰待吾至河北去而後娶屈指已及約期遂命僕馬至河北訪之果有盧戶部先是盧公生一女生而能言長益慧美父母鍾愛之貴家委禽女輒不欲怪問之具述前生約共計

其年大笑曰癡婢張郎計今年巳半百人事變遷其骨巳朽縱其尚在髮童而齒豁矣女不聽母見其志不搖與盧公謀戒閽人勿通客過期以絕其望未幾生至閽人拒之退反旅舍悵恨無所爲計閒遊郊郭因循而暗訪之女謂生負約涕不食母言渠不來必巳殂謝即不然背盟之罪亦不在汝女不言但終日臥盧患之亦思一見生之爲人乃托遊遨遇生於野視之少年也訝之班荊略談甚倜儻公喜邀至其家方將探問盧即遽起囑客暫獨坐匆匆入內告女女喜自力起窺其狀不符零涕而返怨父欺罔公力白其是女無言但泣不止公出意緒懊喪對客殊不款曲生問貴族有爲戶部者乎公漫應之首他顧似不屬客生覺其慢辭出女涕數日竟卒生夜夢女來曰下顧者果君耶年貌舛異覿面遂致違隔妾巳憂憤死煩向土地祠速招我魂可得活遲則無及矣既醒急探盧氏之門果有女亡二日矣生大慟進而弔諸其室巳而以夢告盧盧從其言招魂而歸啟其衾撫其尸呼而祝之俄聞喉中咯咯有聲忽見朱櫻乍啟墜痰塊如冰扶移榻上漸復呻吟盧公悅肅客

出置酒宴會細展官閥知其巨家益喜擇吉成禮居半月攜女而歸盧送至家半年乃去夫婦居室儼然小耦不知者多誤以子婦爲姑嫜焉盧公逾年卒子最幼爲豪强所中傷家産幾盡生迎養之遂家焉

道士

韓生世家也好客同村徐氏常飲於其座會集有道士托鉢門外家人投錢及粟皆不受亦不去家人怒歸不顧韓聞擊剝之聲甚久詢家人以情告言未已道人竟入韓招之坐道士向主客皆一舉手即坐略致研詰始知其初居村東破廟中韓曰何日棲鶴東觀竟不聞知缺地主之禮荅曰野人新至無交游聞居士揮霍深願求飲焉韓命舉觴道士能豪飲徐見其衣服垢敝頗淹蹇不甚爲禮韓亦海客遇之道士傾飲二十餘杯乃辭而去自是每宴會道士輒至遇食則食遇飲則飲韓亦稍厭其煩飲次徐嘲之曰道長日爲客寧不一作主道士笑曰道士與居士等惟雙肩承一喙耳徐慚不能對道士曰雖然道人懷誠久矣會當竭力作杯水之酬飲畢囑曰翼午幸賜光寵次日相邀同往疑其不設道士

巳候於途入門則院落一新連閣雲蔓大奇之曰久不至此創建何時道士荅竣工未久比入其室陳設華麗世家所無二人肅然起敬甫坐行酒下食皆二八狡童錦衣朱履酒饌芳美備極豐渥飯巳另有小進珍果多不可名貯以水晶玉石之器光照几榻酌以玻璃琖圍尺許道士曰喚石家姊妹來童去少時二美人入一細長如弱柳一身短齒最稚媚曼雙絕道士使歌以侑酒少者拍板而歌長者和以洞簫其聲清細既闋道士懸爵促釂又命徧酌顧問美人久不舞尙能之否遂有僮

僕展氍毹於筵下兩女對舞長衣亂拂香塵四散舞罷斜倚畫屏二人心曠神飛不覺醺醉道士亦不顧客舉杯引盡起謂客曰姑煩自酌我少憩卽復來卽去屋南壁下設一螺鈿之牀女子爲施錦裀扶道士臥道士乃曳長者共枕命少者立牀下爲之爬搔二人睹此狀頗不平徐乃大呼道士不得無禮往將撓之道士急起而遁見少女猶立牀下乘醉拉向北榻公然擁臥視牀上美人尙眠繡榻顧韓曰君何太迂韓乃逕登南牀欲與狎褻而美人睡去撥之不轉因抱與俱寢天明酒夢俱

醒覺懷中冷物冰人視之則抱長石臥堦下急視徐徐尚未醒見其枕遺屙之石酣寢敗廁中蹵起互相駭異四顧則一庭荒草兩間破屋而已

胡氏

直隸有巨家欲延師忽一秀才踵門自薦主人延入詞語開爽遂相知悅秀才自言胡氏遂納贄館之胡課業良勤淹洽非下士等然時出游輒昏夜始歸扃閉儼然不欵叩而已在室中矣遂相驚以狐然察胡意固不惡優重之不以怪異廢禮胡知主人有女求爲姻好屢示

意主人僞不解一日胡假而去次日有客來謁縶黑衛於門主人迎而入年五十餘衣履鮮潔意甚恬雅既坐自達始知爲胡氏作冰主人默然良久曰僕與胡先生交已莫逆何必婚姻且息女已許字矣煩代謝先生客曰確知令愛待聘何拒之深再三言之而主人不可客有慙色曰胡亦世族何遽不如先生主人直告曰實無他意但惡其類耳客聞之怒主人亦怒相侵益亟客起抓主人主人命家人杖逐之客乃遁遺其驢視之毛黑色批耳修尾大物也牽之不動驅之則隨手而蹶嚶嚶

然草蟲耳主人以其言忿知必相讎戒備之次日果有狐兵大至或騎或步或戈或弩馬嘶人沸聲勢洶洶主人不敢出狐聲言火屋主人益懼有健者率家人譟出飛石施箭兩相冲擊互相夷傷狐漸靡紛紛引去遺刀地上亮如霜雪近拾之則高粱葉也衆笑曰技止此耳然恐其復至益備之明日衆方聚語忽一巨人自天而降高丈餘身橫數尺揮大刀如門扇逐人而殺羣操矢石亂擊之顛踣而斃則芻靈耳衆益易之狐三日不復來衆亦少懈主人適登厠俄見狐兵張弓挾矢而至亂射之矢集於臀大懼急喊衆奔鬬狐方去拔矢視之皆蒿梗如此月餘去來不常雖不甚害而日戒嚴主人患苦之一日胡生率師至主人自出胡望見避於衆中主人呼之不得已乃出主人曰僕自謂無失禮於先生何故興戎羣狐欲射胡止之主人近握其手邀入故齋置酒相款從容曰先生達人當相見諒以我情好寧不樂附婚姻但先生車馬宮室多不與人同弱女相從卽先生當知其不可且諺云瓜果之生摘者不適於口先生何取焉胡大慙主人曰無傷舊好故在如不以塵濁見

棄在門牆之幼子年十五矣願得坦腹牀下不知有相若者否胡喜曰僕有弱妹少公子一歲頗不陋劣以奉箕帚如何主人起拜胡答拜於是酬酢甚歡前郤俱忘命羅酒漿徧犒從者上下歡慰乃詳問里居將以奠鴈胡辭之日暮繼燭醺醉乃去由是遂安年餘胡不至或疑其約妄而主人堅待之又半年胡忽至既道溫涼已乃曰妹子長成矣請卜良辰遣事翁姑主人喜卽同訂期而去至夜果有輿馬送新婦至奩妝豐盛設室中幾滿新婦見姑嫜溫麗異常主人大喜胡生與一弟來送

女談吐俱風雅又善飲天明乃去新婦且能預知年歲豐凶故謀生之計皆取則焉胡生兄弟以及胡媼時來望女人人皆見之

王者

湖南巡撫某公遣州佐押解餉金六十萬赴京途中被雨日暮愆程無所投宿遠見古剎因詣棲止天明視所解金蕩然無存衆駭怪莫可取咎回白撫公公以爲妄將寘之法及詰衆役並無異詞公責令仍反故處緝察蹤緒至廟前見一瞽者形貌奇異自榜云能知心事因

求卜筮瞽曰是爲失金者州佐曰然因訴前苦瞽者使索肩輿云但從我去當自知遂如其言官役皆從之瞽曰東東之曰北北之凡五日入深山忽睹城郭居人輻輳入城走移時瞽曰止因下輿以手南指見有高門西向可欵關自問之拱手自去州佐從其教果見高門漸入之一人出衣冠漢制不言姓名州佐訴所自來其人云請畱數日當與君謁當事者遂導去令獨居一所給以食飲暇時閒步至第後見一園亭入涉之老松翳日細草如氊數轉廊榭又一高亭歷階而升見壁上掛人皮數張五官俱備腥氣流薰不覺毛骨森竪疾退歸舍自分畱鞹異域已無生望因念進退一死亦姑聽之明日衣冠者召之去曰今日可見矣州佐唯唯衣冠者乘怒馬甚駛州佐步馳從之俄至一轅門儼如制府衙署皂衣人羅列左右規模凜肅衣冠者下馬導入又一重門見有王者珠冠繡紱南面坐州佐趨上伏謁王者問汝湖南解官耶州佐諾王者曰銀具在此是區區者汝撫軍卽慨然見贈未爲不可州佐泣訴限期已滿歸卽就刑稟白何所申證王者曰此卽不難遂付以巨函云

以此後之可保無恙又遣力士送之州佐慴息不敢辯受函而返山川道路悉非來時所經既出山送者乃去數日抵長沙敬白撫公公益妄之怒不容辯命左右者飛索以縶州佐解襆出函公拆視未竟面如灰土命釋其縛但云銀亦細事汝姑出於是急檄屬官設法補解訖數日公疾尋卒先是公與愛姬共寢既醒而姬髮盡失闔署驚怪莫測其由蓋函中即其髮也外有書云汝自起家守令位極人臣賕賂貪婪不可悉數前銀六十萬業已驗收在庫當自發貪囊補充舊額解官無罪不

得妄加譴責前取姬髮略示微警如復不遵教令旦晚取汝首領姬髮附還以作明信公卒後家人始傳其書後屬員遣人尋其處則皆重巖絕壑更無徑路矣

異史氏曰紅線金合以儆貪婪良亦快異然桃源仙人不事刼掠卽劍客所集烏得有城郭衙署哉嗚呼是何神歟苟得其地恐天下之赴愬者無已時矣

陳雲棲

眞毓生楚夷陵人孝廉之子能文美風姿弱冠知名兒時相者曰後當娶女道士爲妻父母共以爲笑而爲之

論婚低昂苦不能就生母臧夫人祖居黃岡生以故詣
外祖母聞時人語曰黃州四雲少者無倫蓋郡有呂祖
菴菴中女道士皆美故云菴去臧氏村僅十餘里生因
竊往扣其關果有女道士四人謙喜承迎度皆雅潔中
一最少者曠世眞無其儔心好而目注之女以手支頤
但他顧諸女冠覓琖烹茶生乘間問姓名荅云雲棲姓
陳生戲曰奇矣小生適姓潘陳赬顏發頰低頭不語起
而去少間淪茗進佳果道姓字一白雲深年三十許一
盛雲眠二十已來一梁雲棟約二十有四五却爲弟而

雲棲不至生殊悵惘因問之白曰此婢懼生人生乃起
別白力挽之不留而出白曰如欲見雲棲明日可復來
生歸思戀綦切次日又詣之諸道士俱在獨少雲棲未
便遽問諸女冠治具留餐生力辭不聽白拆餅授箸勸
進良殷旣問雲棲何在荅云自至久之日勢已晚生欲
歸白捉腕留之曰姑止此我捉婢子來奉見生乃止俄
挑燈具酒雲眠亦去酒數行生辭以醉白曰飲三觥則
雲棲出矣生果飲如數梁亦以此挾勸之生又盡之覆
琖告醉白顧梁曰吾等面薄不能勸飲汝往曳陳婢來

便道潘郎待妙常已久梁去少時而返具言雲棲不至生欲去而夜已深乃佯醉仰臥兩人代裸之迭就淫焉終夜不堪其擾天既明不辭而別數日不敢復往而心念雲棲不忘也但不時於近側探偵之一日既暮白出門與少年去生喜不甚畏梁急往欵關雲眠出應門問之則梁亦他適因問雲棲盛導去又入一院呼曰雲棲客至矣但見室門闔然而合盛笑曰閉扉矣生立窗外似將有言盛乃去雲棲隔窗曰人皆以妾爲餌釣君也頻來則身命殆矣妾不能終守清規亦不敢遂乖廉耻

欲得如潘郎者而事之耳生乃以白頭相約雲棲曰妾師撫養卽亦非易果相見愛當以二十金贖妾身妾俟君三年如望爲桑中之約所不能也生諾之方欲自陳而盛復至從與俱出遂別而歸中心悒悵思欲委曲夤緣再一親其嬌範適有家人報父病遂星夜而還無何孝廉卒夫人庭訓最嚴心事不敢使知但刻減金貲日積之有議婚者輒以服闋爲辭母不聽生婉告曰曩在黃岡外祖母欲以兒婚陳氏誠心所願今遭大故音耗遂梗久不如黃省問且夕一往如不果諧從母所命夫

入許之乃攜所積而去至黃諳菴中則院宇荒涼大異曩昔漸入之惟一老尼炊竈下因就問訊尼曰前年老道士死四雲星散矣問何之曰雲深雲棟從惡少遁去向聞雲棲寓居郡北雲眠消息不知也生聞之悲歎命駕卽詣郡北遇觀輒詢並少蹤緒悵恨而返僞告母曰舅言陳翁如岳州待其歸當遣伻來踰半年夫人歸寧以事問母母殊茫然夫人怒子誑媼疑甥與舅謀而未以問也幸舅遠出莫從稽其妄夫人以香願登蓮峰齋宿山下既臥逆旅主人扣扉送一女道士寄宿同舍自

言陳雲棲聞夫人家夷陵移坐就榻告愬坎坷詞旨悲惻末言有表兄潘生與夫人同籍煩囑子姪輩一傳口語但道其暫寄棲鶴觀師叔王道成所朝夕厄苦度日如歲令早一臨存恐過此以往未或知也夫人審潘名字卽又不知但云既在學宮秀才輩想無不聞也未明早別慇慇再囑夫人既歸向生言及生長跪曰實告母所謂潘生卽兒也夫人詰知其故怒曰不肖兒宣淫寺觀以道士爲婦何顏見親賓乎生垂頭不敢出詞會生以赴試入郡竊命舟訪王道成至則雲棲半月前出游

不返既歸邑邑而病適臧嫗卒夫人往奔喪殯後迷途至京氏家問之則族妹也相便邀入見有少女在室年可十八九姿容曼妙目所未睹夫人每思得一佳婦俾子不懟心動因詰生平妹云此王氏京氏甥也怙恃俱失暫寄此耳問壻家誰曰無之把手與語意致嬌婉母大悅爲之過宿私以己意告妹妹曰良佳但其人高自位置不然胡蹉跎至今也容商之夫人招與同榻談笑甚懽自願母夫人夫人悅請同歸荆州女益喜次日同舟而還既至則生疾未起母欲慰其沉痾使婢陰告曰夫人爲公子載麗人至矣生未信伏牕窺之較雲棲尤豔絕也因念三年之約已過出游不返則玉容必已有主得此佳麗心懷頗慰於是囅然動色病亦尋瘳母乃招兩人相拜見生出夫人謂女亦知我同歸之意乎女微笑曰妾已知之但妾所以同歸之初志母不知也妾少字夷陵潘氏音耗濶絕必已另有良匹果爾則爲母也婦不爾則終爲母也女報母有日也夫人曰既有成約卽亦不强但前在五祖山時有女冠問潘氏今又潘氏固知夷陵世族無此姓也女驚曰臥蓮峰下者卽母

耶詢潘氏者卽我是也母始恍然悟笑曰若然則潘生
固在此矣女問何在夫人命婢導去問生生驚曰卿雲
棲耶女問何知生言其情始知以潘郎爲戲女知爲生
羞與終談急返告母母問其何復姓王荅云妾本姓王
道師見愛遂以爲女故從其姓耳夫人亦喜涓吉爲之
成禮先是女與雲眠俱依王道成道成居隘雲眠遂去
之漢口女嬌癡不能作苦又羞出操道士業道成頗不
善之會舅京氏如黃岡女遇之流涕因與俱去俾攺女
子裝將論婚士族故諱其曾隸女冠籍而問名者女輙

不願舅及妗皆不知其意向心頗嫌之是日從夫人歸
得所托如釋重負焉合巹後各述所遭喜極而泣女孝
謹夫人雅憐愛而彈琴好奕不知理家人生業夫人頗
以爲憂積月餘母遣兩人如京氏留數日而歸泛舟江
流欻一舟過中一女冠近之則雲眠也雲眠獨與女善
女喜招與同舟相對酸辛問將何之盛云久切懸念遠
至棲鶴觀則聞依京舅矣故將詣黃岡一奉探耳竟不
知意中人已得相聚今覩之如仙剩此漂泊人不知何
時已矣因而欷歔女設一謀令易道裝僞作姊攜伴夫

人徐擇佳偶盛從之既歸女先白夫人盛乃入舉止大家談笑間練達世故母既寡苦寂得盛良懽惟恐其去盛早起代母劬勞不自作客母益喜陰思納女姊以掩女冠之名而未敢言也一日忘某事未作急問之則盛代備已久因謂女曰畫中人不能作家亦復何爲新婦若大姊者吾無憂也不知女存心久但懼母嗔聞母言笑對曰母既愛之新婦欲效英皇如何母不言亦囅然笑女退告生曰老母首肯矣乃另潔一室告盛曰昔在觀中共枕時姊言但得一能知親愛之人我兩人當共事之猶憶之否盛不覺雙眥熒熒曰妾所謂親愛者非他如日日經營曾無一人知其甘苦數日來略有微勞即煩老母郵念則心中冷煖頓殊矣若不下逐客令俾得長伴老母於願斯足亦不望前言之踐也女告母母令姊妹焚香各矢無悔詞乃使生與行夫婦禮將寢告生曰妾乃二十三歲老處女也生猶未信既而落紅殷褥始奇之盛曰妾所以樂得良人者非不能甘岑寂也誠以閨閣之身靦然酬應如勾欄所不堪耳借此一度挂名君籍當爲君奉事老母作內紀綱若房闈之樂請

別與人探之三日後襆被從母遺之不去女早之母所占其牀寢不得已乃從生去由是三兩日輙一更代習爲常夫人故善奕自寡居不暇爲之自得盛經理井井晝日無事輙與女奕挑燈瀹茗聽兩婦彈琴夜分始散每語人曰兒父在時亦未能有此樂也盛司出納每記籍報母母疑曰兒輩嘗言幼孤作字彈棋誰教之女笑以實告母亦笑曰我初不欲爲兒娶一道士今竟得兩矣忽憶童時所卜始信數定不可逃也生再試不第夫人曰吾家雖不豐薄田三百畝幸得雲眠紀理日益溫

飽兒但在膝下率兩婦與老身共樂不願汝求富貴也生從之後雲眠生男女各一雲棲女一男三母八十餘歲而終孫皆入泮長孫雲眠所出已中鄉選矣

織成

洞庭湖中往往有水神借舟遇有空船纜忽自解飄然遊行但聞空中音樂並作舟人蹲伏一隅瞑目聽之莫敢仰視任所往遊畢仍泊舊處有柳生落第歸醉臥舟上笙樂忽作舟人搖生不得醒急匿艎下俄有人捽生生醉甚隨手墮地眠如故即以置之少間鼓吹鳴聒生

微醒聞蘭麝充盈睨之見滿船皆佳麗心知其異目若瞑少間傳呼織成卽有侍兒來立近頰際翠襪紫綃履細瘦如指心好之隱以齒齧其襪少間女子移動牽曳傾踣座上問之因白其故座上者怒命卽行誅遂有武士入捉縛而起見南面一人冠服類王者因行且語曰聞洞庭君爲柳氏臣亦柳氏昔洞庭落第今臣亦落第洞庭得遇龍女而仙今臣醉戲一姬而死何幸不幸之懸殊也王者聞之喚回問汝秀才下第者乎生諾便授筆札令賦風鬟霧鬢生固襄陽名士而構思頗遲捉筆良久上誚讓曰名士何得爾生釋筆自白昔三都賦十稔而成以是知文貴工不貴速也王者笑聽之自辰至午稿始脫王者覽之大悅曰眞名士也遂賜以酒頃刻異饌紛綸方問對間一使捧簿進曰溺籍告成矣問人數幾何曰一百二十八人問簽差何人荅云毛南二尉生起拜辭王者贈黃金十斤又水晶界方一握曰湖中小有刼數持此可免忽見羽葆人馬紛立水面王者下舟登輿遂不復見久之寂然舟人始自艎下出蕩舟北渡風逆不得前忽見水中有鐵猫浮出舟人駭曰毛將

軍出現矣各舟商客俱伏又無何湖中有一木直立築
築動搖益懼曰南將軍又出矣少時波浪大作上翳天
日四顧湖舟一時盡覆生舉界方危坐舟中萬丈洪濤
近舟頓滅以是得全生歸每向人語其異言舟中侍兒
雖未悉其容貌而裙下雙鉤亦人世所無後以故至武
昌有崔媼賣女千金不售蓄一水晶界方言有能配此
者嫁之生異之懷界方而往媼忻然承接呼女出見年
十五六已來媚曼風流更無倫比略一展拜反身入幃
生一見魂魄動搖曰小生亦蓄一物不知與老姥家藏

頗相稱否因各出相較長短不爽毫釐媼喜便問寓所
請生卽歸命輿界方留作信生不肯留媼笑曰官人亦
大小心老身豈以一界方抽身竄去耶生不得已留之
出卽賃輿急返而媼室已空大駭徧問居人迄無知者
日已向西躁懊若喪邑邑而返中途値一輿過忽搴簾
曰柳郞何遲也視之則崔媼喜問何之媼笑曰必將疑
老身騙者矣別後適有便輿頓念官人亦僑寓措辦
亦艱故遂送女歸舟耳生邀回車媼必不可生倉皇不
能確信急奔入舟女果及一婢在焉見生入談笑承迎

見翠襪紫履與舟中侍兒妝飾更無少別心異之徘徊凝注女笑曰耽耽注目生平所未見耶生益俯窺之則襪後齒痕宛然驚曰卿織成耶女掩口微哂生長揖曰卿果神人早請直言以袪煩惑女曰實告君前舟中所遇即洞庭君也仰慕鴻才便欲以妾相贈因妾過爲王妃所愛故歸謀之妾之來從妃命也生喜沐手焚香望湖朝拜乃歸後詣武昌女求同去將便歸寧既至洞庭女拔釵擲水忽見一小舟自湖中出女躍登如鳥飛集轉瞬已杳生坐船頭於没處凝盼之遥遥一樓船至既

近牕開忽如一彩禽翔過則織成至矣一人自牕中遞擲金帛珍物甚多皆妃賜也由是歲一兩覲以爲常故生家富有珠寶每出一物世家所不識焉

竹青

魚容湖南人談者忘其郡邑家綦貧下第歸資斧斷絶羞於行乞餓甚暫憩吳王廟中因以憤懣之詞拜禱神座出臥廊下忽一人引去見吳王跪曰黑衣隊尚缺一卒可使補缺吳王可即授黑衣既着身化爲烏振翼而出見烏友羣集相將俱去分集帆檣舟上客旅爭以肉

餌拋擲羣於空中接食之因亦尤效須臾果腹翔棲樹杪意亦甚得踰二三日吳王憐其無偶配以雌呼之竹青雅相愛樂魚每取食輒馴無機竹青恒勸諫之卒不能聽一日有兵過彈之中胸幸竹青銜去之得不被擒羣烏怒鼓翼搧波波湧起舟盡覆竹青乃攝餌哺魚魚傷甚終日而斃忽如夢醒則身臥廟中先是居人見魚死不知誰何撫之未冰故不時以人邏察之至是訊知其由斂貲送歸後三年復過故所參謁吳王設食喚烏下集啗乃祝曰竹青如在當止食已並飛去後領薦歸

復謁吳王廟薦以少牢已乃大設以饗烏友又祝之是夜宿於湖村秉燭方坐忽几前如飛鳥飄落視之則二十許麗人囅然曰別來無恙乎魚驚問之曰君不識竹青耶魚喜詰所來曰妾今爲漢江神女返故鄉時常少前烏使兩道君情故來一相聚也魚益欣感宛如夫妻之久別不勝懽戀生將偕與俱南女欲與俱西兩謀不決寢初醒則女已起開目見高堂中巨燭熒煌竟非舟中驚起問此何所女笑曰此漢陽也妾家卽君家何必南天漸曉婢媼紛集酒炙已設就廣牀上陳矮几夫婦

對酌魚問僕之所在答在舟上生慮舟人不能久待女言不妨妾當助君報之於是日夜談讌樂而忘歸舟人夢醒忽見漢陽駭絕僕訪主人杳無信兆舟人欲他適而纜結不解遂共守之積兩月餘生忽憶歸謂女曰僕在此親戚斷絕且卿與僕名爲琴瑟而不一認家門奈何女曰無論妾不能往縱能之君家自有婦將何以處妾也不如置妾于此爲君别院可耳生恨道遠不能時至女出黑衣曰君舊衣尚在如念妾時衣此可至至時爲君解之乃大設肴珍爲生祖餞既醉而寢醒則身在舟中視之洞庭舊泊處也舟人及僕俱在相視大駭詰其所往生故悵然自驚枕邊一襆撿視則女贈新衣襪履黑衣亦摺置其中又有繡橐維縶腰際探之則金貲充牣焉於是南發達岸厚酬舟人而去歸家數月苦憶漢水因潛出黑衣着之兩脇生翼翕然凌空經兩時許已達漢水回翔下視見孤嶼中有樓舍一簇遂飛墮有婢子已望見之呼曰官人至矣無何竹青出命衆手爲之緩結覺羽毛劃然盡脫握手入舍曰郎來恰好妾且夕臨蓐矣生戲問曰胎生乎卵生乎女曰妾今爲神則

皮骨已更應與曩異至數日果産胎衣厚裹如巨卵然破之男也生喜名之漢産三日後漢水神女皆登堂以服飾珍物相賀並皆佳妙無三十以上人俱入室就榻以拇指按兒鼻名曰增壽既去生問皆誰何女曰此皆妾輩其末後着藕白者所謂漢皐解佩卽其人也居數月女以舟送之不用帆楫飄然自行抵陸已有人繫馬道左遂歸由此往來不絕積數年漢産益秀美生珍愛之妻和氏苦不育每思一見漢産生以情告女女乃治任送兒從父歸約以三月既歸和愛之過于已出逾十

餘月不忍令返一日暴病而殤和氏悼痛欲死生乃詣漢告女入門則漢産赤足臥牀上喜以問女女曰君久負約妾思兒故招之也生因述和氏愛兒之故女曰待妾再育放漢産歸又年餘女雙生男女各一男名漢生女名玉佩生遂攜漢産歸然歲恒三四往不以爲便因移家漢陽漢産十二歲入郡庠女以人間無美質招去爲之娶婦始遺歸婦名卮娘亦神女産也後和氏卒漢生及妹皆來擗踊葬畢漢産遂留生攜漢生玉佩去自此不返

樂仲

樂仲西安人父早喪母遺腹生仲母好佛不茹葷酒仲既長嗜飲善啖竊腹非母每以肥甘勸進母輒出之後母病彌留苦思肉仲急無所得肉刲左股獻之病稍瘥悔破戒不食而死仲哀憤益切以利刃益刲右股見骨家人共救之裹布敷藥尋愈心念母苦節又慟母愚遂焚所供佛像立主祀母醉後輒對哀哭年二十始娶身猶童子娶三日謂人曰男女居室天下之至穢我實不爲樂遂去妻妻父顧文淵浼戚求返請之三四仲必不

可遲之半年顧遂醮女仲鰥居十年行益不羈奴隸優伶皆與飲里黨乞求不靳與有言嫁女無釜者便卽竈頭舉贈之自乃從鄰借釜炊諸無行者知其性咸朝夕騙賺之或以博賭無貲故對之欷歔言追呼急將以鬻子仲自措稅金如干數傾囊遺之未幾催租吏登門始典質營辦以是故家益落先是仲殷饒同堂子弟爭奉事之家中所有任其取攜亦莫之較及仲蹇落存問絕少幸仲達不爲意值母忌辰仲適病不能上墓將遣子弟代祀僕造諸門皆辭以故仲乃酹諸室中對主號痛

無嗣之戚頗似縈懷因而病益劇瞀亂中覺有人摩撫之目微啟則母也驚問何來曰緣家中無人上墓故來就饗即視汝病問向居何所荅以南海摩撫既已四體生涼開目四顧渺無一人而病良瘥既起思朝南海苦無侶會鄰村有結香社者賣田十畝挾貲投之而社中人以其不潔清共擯絕之苦求乃許之及詣途牛酒薤蒜熏騰滿屋衆益惡之乘其醉睡不告而去仲於是獨行至閩界遇友人邀飲有名妓瓊華在座適言南海之遊瓊華願相附以行仲喜即待趣裝遂與俱發寢食共

之而實一無所私既至南海社中人清醮方畢見其載妓而至益非笑之鄙不與同事仲與瓊華窺其意俟其旣拜而後拜之衆拜已恨無所現示中有泣者二人方投地忽見徧海皆蓮花花上瓔珞垂珠瓊華見爲菩薩仲視之朶上皆其母急奔呼母躍入從之衆見萬朶蓮花悉變霞彩障海如錦少間雲靜波澄一切都杳而仲猶身在岸亦不自解其何以得出衣履並無沾濡望海大哭聲震島嶼瓊華挽勸之慘然下刹命舟北渡途中有豪家招瓊華去仲獨憩逆旅有童子方八九歲丐食

肆中貌不類乞兒細詰之則被逐於繼母心憐之兒依
依左右苦求拔拯仲遂攜與俱歸問其姓氏自言阿辛
姓雍母顧氏嘗聞母言適雍六月遂生余余本樂姓仲
大驚自疑生平一度不應有子因問樂居何鄉荅云不
知但母没時付一函書囑勿遺脫仲急索書辛啟荷囊
取付仲仲視之則當年與顧家離婚書也驚曰眞吾兒
也審其年月良確頗慰心懷然家計日疎居二年割畝
漸盡竟不能畜僮僕一日父子方自炊忽有麗人入視
之則瓊華也驚問所自笑曰業作假夫妻何又問也向

不卽從者徒以有老媼在今媼已死顧念不從人則無
以自庇從人則無以自潔計兩全則無如從君者是以
不憚千里遂解粧代兒炊仲良喜至夜父子同寢如故
另潔一舍舍瓊華瓊華亦善撫兒戚黨聞之皆餽仲兩
人皆樂受之客至治具瓊華悉爲營備仲亦不問所自
來瓊華漸出金珠贖故產因而婢僕馬牛日益繁盛仲
每謂瓊華曰僕醉時卿當避匿勿使我見瓊華笑諾之
一日大醉急喚瓊華瓊華豔妝出仲視之良久忽大喜
蹈舞若狂曰吾悟矣酒頓醒覺世界光明所居廬舍盡

爲玉宇瓊樓移時始巳由此不復飲市上惟對瓊華飲瓊華茹素以茶茗侍一日微醺命瓊華爲之按股見股上封痕化爲兩朶赤菡隱起肉際奇之仲笑曰卿視此花放後二十年假夫妻分手矣瓊華亦信之旣爲阿辛完婚瓊華漸以家事付新婦與仲別院居子及婦日三朝非疑難事不以聞役二婢一溫酒一瀹茗而已一日瓊華至兒所新婦多所咨白良久而返辛亦從往朝父入門見仲白足坐榻上聞聲開眸微笑曰母子來大好卽復瞑瓊華大驚曰君欲何爲視其股上蓮花大放試之氣巳絶急以兩手捻合其花且祝曰妾千里從君大非容易爲君敎子訓婦亦有微恩卽差二三年何不少待也一炊黍時忽開眸笑曰卿自有卿事何必又牽一人作伴也無巳姑爲卿留瓊華釋手則花巳復含於是居處言笑如初積三年餘瓊華年近四旬猶窈窕如二十許人忽謂仲曰凡人死後被人捉頭舁足殊不雅潔遂命工治雙槥辛駭問之荅云非汝所知工旣竣沐浴粧竟謂子及婦曰我將死矣辛泣曰數年賴母經紀始不凍餒母尙未得一享安逸何遂捨兒而去曰父種福

而子亭奴婢牛馬騙債者塡償汝父我無功焉我本散花天女偶涉凡念遂謫人間三十餘年今限已滿遂登木自入再呼之雙目已含辛哭告父父不知何時已僵衣冠儼然號慟欲絕入棺並停堂中數日未殮冀其復返光明生于股際照徹四壁瓔華棺內則香霧噴溢近舍皆聞棺既闔香光遂漸滅既殯樂氏諸子弟覬覦其有共謀逐辛訟諸官官莫能辨擬以田產半給諸樂辛不服以詞質郡久不決初顧嫁女於雍經年餘雍流寓於閩音耗遂絕顧老無子苦憶女遂詣壻所則女死而

甥已逐忿質公庭雍懼重賂之顧不受必欲得甥雍窮覓郡邑半年不得夫妻皆被刑辱顧偶於途中見彩輿過斜避道左輿中一美人呼曰彼非顧翁耶顧諾女子曰汝甥卽吾子現在樂家勿訟也甥方有難宜急往顧欲詳詰輿去已遠顧乃受賂如西安至則訟方沸騰顧卽自投至官言女大歸日再醮日及生子年月歷歷甚悉諸樂皆被杖逐案遂結既歸言其見美人之日卽瓔華沒日此時訟猶未興也辛爲顧移家來授廬贈婢六十餘生一子辛亦顧卹之

異史氏曰斷葷戒酒佛之似也爛熳天眞佛之眞也樂仲對麗人直視之爲香潔道伴不作溫柔鄉觀也寢處三十年若有情若無情此爲菩薩眞面目世中人烏得而測之哉

香玉

勞山下清宮耐冬高二丈大數十圍牡丹高丈餘花時璀璨如錦膠州黃生築舍其中而讀焉一日遙自牕中見女郎素衣掩映花間心疑觀中烏得有此趨出已遁去由此屢見遂隱身叢樹中以俟其至無何女郎又偕

一紅裳者來遙望之豔麗雙絕行漸近紅裳者卻退曰此處有人生乃暴起二女驚奔袖裙飄拂香風流溢追過短牆寂然已杳愛慕殷切因題樹上云無限相思苦含情對短牕恐歸沙吒利何處覓無雙歸齋冥想女郎忽入驚喜承迎女笑曰君洶洶似強寇使人恐怖不知君竟騷士無妨相親生略叩生平曰妾小字香玉隸籍平康巷被道士閉置山中實非所願生問道士何名當爲卿一滌此垢女曰不必彼亦未敢相逼借此與風流士長作幽會亦佳問紅衣者誰曰此名絳雪亦妾義姊

遂相狎寢既醒曙色已紅女急起曰貪歡忘曉矣着衣易履且曰妾酬君作口占勿笑也良夜更易盡朝暾已上牕願如梁上燕棲處自成雙生握腕曰卿秀外慧中使人愛而忘死顧一日之去如千里之別卿乘間當來勿待夜也女諾之由此夙夜必偕每使邀絳雪來輒不至生以為恨女曰絳姊性殊落落不似妾情癡也當從容勸駕不必過急一夕女慘然入曰君隴不能守尚望蜀耶今長別矣問何之以袖拭淚曰此有定數難為君言昔日佳什今成讖語矣佳人已屬沙吒利義士今無

古押衙可為妾咏詰之不言但有嗚咽竟夜不眠早旦而去生怪之次日有即墨藍氏入宮游矚見白牡丹悅之掘移逕去生始悟香玉乃花妖也悵惋不已過數日聞藍氏移花至家日就萎悴恨極作哭花詩五十首日日臨穴涕洟其處一日憑弔而返遙見紅衣人揮涕穴側從容而近就之女亦不避生因把袂相向汍瀾已而挽請入室女亦從之歎曰童稚之姊妹一朝斷絕聞君哀傷彌觸妾慟淚墮九泉或當感誠再作然死者神氣已散倉猝何能與吾兩人共談笑也生曰小生薄命妨

害情人嵩亦無福可消雙美曩頻煩香玉道達微忱胡再不臨女曰妾以年少書生什九薄倖不知君固至情人也然妾與君交以情不以淫若晝夜狎暱則妾所不能矣言已告別生曰香玉長離使人寢食俱廢賴卿少畱慰此懷思何決絕如是女乃止過宿而去數日不復至冷雨幽窗苦懷香玉輾轉牀頭淚凝枕簟攬衣更起挑燈命筆踵前韻曰山院黃昏雨垂簾坐小窗相思人不見中夜淚雙雙詩成自吟忽窗外有人曰作者不可無和聽之絳雪也啟門內之女視詩卽續其後曰連袂人何處孤燈照晚窗空山人一個對影自成雙生讀之淚下因怨相見之疎女曰妾不能如香玉之熱但可少慰君寂寞耳生欲與狎曰相見之歡何必在此于是至不聊時女輒一至至則宴飲酬唱有時不寢遂去生亦聽之謂之曰香玉吾愛妻絳雪吾良友也每欲相問卿是院中第幾株早以見示僕將抱植家中免似香玉被惡人奪去貽恨百年女曰故土難移告君亦無益也妻尚不能終從況友乎生不聽捉臂而出每至牡丹下輒問此爲卿否女不言掩口笑之適生以殘臘歸過歲二

灸音久諸本多誤作炙

月間忽夢絳雪至愀然曰妾有大難君急往尙得相見遲無及矣醒而異之急命僕馬星馳至山則道士將建屋有一耐冬礙其營造工師方縱斤矣生知所夢卽此急止之入夜絳雪來謝生笑曰向不實告宜遭此厄今而後知卿矣卿如不至當以艾炷相炙女曰妾固知君如此曩故不敢相告坐移時生曰今對良友益思豔妻久不哭香玉卿能從我哭乎二人乃往臨穴灑涕至一更向盡絳雪拔淚勸止乃還又數夕生方獨居悽惻絳雪笑入曰喜信報君知花神感君至情俾香玉復降宮中生喜問何時荅云不知要不遠耳天明下榻生曰僕爲卿來勿長使人孤寂女笑諾兩夜不至生往抱樹搖動撫摩頻喚絳雪久之無聲乃返對燭團艾將以灼樹女遽入奪艾棄之曰君惡作劇使人創痏當與君絕矣生笑擁之坐方定香玉盈盈而入生望見泣下流離急起把握香玉以一手捉絳雪相對悲哽巳而坐道離苦生覺把之而虛如手自握驚其不類曩昔香玉泫然曰昔妾花之神故凝今妾花之鬼故散也今雖相聚君勿以爲眞但作夢寐觀可耳絳雪曰妹來大好妾被汝家

男子糾纏死矣遂辭而去香玉款愛如生平但偎傍之間髣髴以身就影生悒悒不歡香玉亦俯仰自恨曰君以白蘞屑少雜硫黃日酹妾一杯水明年此日報君恩亦別而去明日往觀故處則牡丹萌生矣生從其言日加培溉又作雕闌以護之香玉來感激甚至生謀移植其家女不可曰妾弱質不堪復戕且物生各有定處妾來原不擬生君家違之反促年壽但相憐愛好合自有日耳生恨絳雪不至香玉曰必欲強之使來妾能致之乃與生挑燈出至樹下取草一莖布掌作度以度樹本

自下而上至四尺六寸按其處使生以兩爪齊搔之俄絳雪自背後出笑罵曰婢子來益助桀爲虐耶牽挽並入香玉曰姊勿怪暫煩陪侍郎君一年後不相擾矣自此遂以爲常生視花芽日益肥盛春盡盈二尺許歸後亦以金遺道士使朝夕培養之次年四月至宮則花一朵含苞未放方流連所花搖搖欲拆少時已開花大如盤儼然有小美人坐蕊中裁三四指轉瞬間飄然已下則香玉也笑曰妾忍風雨以待君君來何遲也遂入室絳雪已至笑曰日日代人作婦今幸退而爲友遂相談

譙賡和至中夜絳雪乃去兩人同寢歘洽一如當年後生妻卒遂入山不復歸是時牡丹已大如臂生每指之曰我他日寄魂于此當生卿之左兩女笑曰君勿忘之後十年餘忽病其子至對之而哀笑曰此我生期非死期也何哀爲謂道士曰他日牡丹下有赤芽怒生一放五葉者卽我也遂不復言子輿擡而歸至家壽卒次年果有肥芽突出葉如其數道士以爲異益灌溉之三年高數尺大拱把但不花老道士死其弟子不知愛惜因其不花斫去之白牡丹亦憔悴尋死無何耐冬亦死

異史氏曰情之結者鬼神可通花以鬼從而人以魂寄非其結於情者深耶一去而兩殉之卽非堅貞亦爲情死矣人不能貞猶是情之不篤耳仲尼讀唐棣而曰未思信矣哉

大男

奚成列成都士人也先有一妻一妾妾何氏小字昭容妻早没娶繼室申氏不能相善虐遇何因並及奚終日嘵聒恒不聊生奚忿怒亡去去後何生一子大男奚久不返申擯不與同炊計日授粟大男漸長何不敢求益

惟紡績佐食大男見塾中諸兒吟誦羡之告母欲讀母以其太穉姑送詣塾試使讀以難之而大男慧所讀倍諸兒師異之願不索束贄何乃使從師薄相酬積二三年經書全通一日歸謂母曰塾中五六人皆從父乞錢買餅餌我何無也母曰待汝長時當告汝知大男曰我方七八歲何時長也母曰汝往塾路經關聖廟當拜之祐汝速長大男信之每日兩過必拜母知之問所祝何時荅云但祝明年使我如十五六歲母笑之而大男學與軀長並速至十歲遂如十三四歲者其所爲文塾師

不能竄易之一日謂母曰昔謂我壯大當告父處今可矣母曰尚未尚未又年餘居然成人研詰益頻母乃緬述之大男聞之意不勝傷悲欲往尋父母曰兒太幼汝父存亡未知何遽可尋大男無言而去至午不歸往詢諸師則辰餐未復母大驚猶謂其逃塾出食貲傭役靡處不搜竟杳無跡大男出門不知何往之善惟隨途奔去遇一人將如虁州自言錢姓大男丐食相從錢病其緩爲賃代步貲斧皆耗之至虁同食錢陰投毒其中大男瞑不覺錢載至大刹托爲已子偶病絕貲賣諸僧僧

見其丰姿秀出爭購之錢得金而去償飲之略醒主僧始知之詣視奇其相研詰始得顛末又益憐之責僧贈貲使去有瀘州蔣秀才下第歸途中問得故嘉其孝攜與同行至瀘主其家月餘無往不諮或言閩商有奚姓者于是辭蔣將之閩蔣贈遺衣履其里黨皆斂貲助之至途有二布客欲詣福清邀與同侶行數程客窺囊金引至空所縶手足解奪而去適有永福陳翁過其旁脫縛載諸後車遂至翁家翁家富諸路商賈多出其門翁囑南北客代訪父耗㒳大男伴諸兒讀大男遂止不復

游矣由是家益遠音益梗何昭容孤居三四年申氏減其費抑勒令嫁何自食其力志不搖申强賣於重慶賈賈刼取之去至夜以刀自劙賈不敢逼俟創瘥又轉鬻於鹽亭賈至鹽亭自刺心頭洞見臟腑賈大懼藥敷心既平但求作尼賈告之曰我有商侶身無淫具每欲得一人縫紉此與作尼無異亦可少償吾值何諾之賈輿送去入門主人趨出則奚生也蓋奚已棄儒爲商賈以其無婦故贈之也相見悲駭各述苦況始知有兒尋父未歸奚乃囑諸客旅偵察大男而昭容遂以妾爲妻矣

然自歷艱苦病痛多病不能操作勸奚納媵奚鑒前禍不從所請何曰妾如爭牀第者數年間固已從人生子尚得與君有今日之聚乎且人加我者隱痛在心豈及諸身而自蹈之奚乃囑客侶爲買三十餘老妾踰半年客果爲買妾歸入門則妻申氏各相駭怪先是申獨居年餘兄苞勸令再適申從之惟田產爲子姓所沮不得售鬻諸所有積數百金攜歸兄家有保寧賈聞其富有奩貲以多金啗苞賺娶之而賈老廢不能人申懟兄不安於室懸縊井投不堪其擾賈怒搜括其貲將賣作妾

而聞者嫌三十餘蔺加長賈將適虁遂載與俱去遇奚同肆商遂貨而去之既見奚慙懼不出一語奚問同肆商略知梗概因曰使遇健男則在保寧無再見之期此亦數也然今日我買妾非娶妻可先拜昭容修嫡庶禮申耻之奚曰昔日汝作嫡何如哉何勸止之奚不可撩杖臨逼申不得已拜之然終不屑承奉但撩作別室而何悉優容之亦不忍課其勤惰奚每與談讌輒呼給役其側何更代以婢不聽會陳公嗣宗宰鹽亭奚與里人有小爭里人以逼妻作妾揭訟陳公不准理叱逐之奚

喜與何竊共頌德一夕漏既盡僮忽叩扉入白邑令公至奚駭極急覓衣履則公已入寢門益駭不知所爲何審之急出曰是吾兒也遂哭公乃伏地悲哽蓋大男從陳翁姓業爲官矣初公至自都迂道過故里始知兩母皆醮伏膺哀痛族中人始知大男已貴反其田廬公留僕營造冀父復返既而授任鹽亭又欲棄官尋父陳翁苦勸之會有卜者使筮焉卜人曰小者居大少者爲長求雄得雌求一得兩爲官吉公乃之任爲不得親居官不茹葷酒是日得里人狀睹奚姓疑之陰遣內紀綱竊

訪之果父也乘夜微行而出見母益信卜者之神臨去囑勿播出金二百令卽辦裝歸至家門戸巳新益畜僕馬居然大家矣申見大男貴盛益自斂兒苞知之告於官爲妹爭嫡官廉得其情曰貪貲勸嫁去奚巳更二夫何顏爭昔年嫡庶耶重笞之由此名分益彰而申妹何何亦姊之衣服飲食悉不自私申初懼其復讎至是益愧悔奚亦忘其舊惡俾內外皆呼以太母但誥命不及耳

異史氏曰顛倒衆生不可思議此造物之巧也奚生不

能自立于妻妾之間一碌碌庸人耳苟非孝子賢母烏能有此奇合坐享厚糈以終身哉

石清虛

邢雲飛順天人好石見佳石不靳重直偶漁于河有物挂網沉而取之則石徑尺四面玲瓏峯巒疊秀喜極如獲異珍雕紫檀爲座供諸案頭每值天欲雨則孔孔生雲遙望如塞新絮有勢豪某踵門求觀既見舉付健僕策馬竟去邢無奈頓足悲憤而已僕負石至河濱息肩橋上忽失手墮諸河豪怒鞭僕卽出金僱善泅者百計冥搜竟無可見乃懸金署約而去由是尋石者日盈于河迄無獲者後邢至落石處臨流於邑但見河水清澈則石固在水中邢大喜解衣入水抱之而出檀座猶存既歸不肯設諸廳事潔內室供之一日有老叟款門而請邢托言石失已久叟笑曰客舍非耶邢便請入舍以實其無既入則石果陳几上錯愕不能言叟撫石曰此吾家故物失去已久今固在此耶既見之請卽賜還邢窘甚遂與爭作石主叟笑曰既汝家物有何驗證邢不能荅叟曰僕則故識之前後九十二竅巨孔中五字云

清虛天石供邢審視孔中果有小字細於粟米竭目力
裁可辨認又數其竅果如所言邢無以對但執不與叟
笑曰誰家物而憑君作主耶拱手而出邢送至門外旣
還則石失所在大驚疑叟急追之則叟緩步未遠奔去
牽其袂而哀之叟曰奇矣徑尺之石豈可以手握袂藏
者耶邢知其神強曳之歸長跪請之叟乃曰石果君家
者耶僕家者耶荅曰誠屬君家但求割愛耳叟曰旣然
則石固在是還入室則石已在故處叟曰天下之寶當
與愛惜之人此石能自擇主僕亦喜之然彼急於自見

其出也早則魔刼未除實將攜去待三年後始以奉贈
旣欲留之當減三年壽數始可與君相終始君願之乎
曰願叟乃以兩指捏一竅竅軟如泥隨手而閉〻三竅
已曰石上竅數卽君壽也作別欲去邢苦留之辭甚堅
問其姓字亦不言遂去積年餘邢以故他出夜有小偷
入室諸無所失惟竊石而去邢歸悼喪欲死訪察購求
全無蹤緒積有數年偶入報國寺見賣石者近視則其
故物將便認取賣者不服因負石至官官問何所質驗
賣石者能言竅數邢問其他賣石者不能言邢乃言竅

中五字及三指痕理遂得伸官欲杖責賣石者賣石者
自言以二十金買諸市遂釋之邢得石歸裹以錦藏櫝
中時出一賞先焚異香而後出之有尚書某購以百金
而邢意萬金不易也某怒陰以他事中傷之邢被收典
質田產某託他人風示其子子告邢邢願以死殉石妻
竊與子謀獻石尚書家邢出獄始知罵妻毆子屢欲自
經皆以家人覺救得不死夜夢一丈夫來自言石清虛
謂邢勿戚特與君年餘別耳明年八月二十日昧爽時
可詣海岱門以兩貫相贖邢得夢喜敬志其日而石在

尚書家更無出雲之異久亦不甚貴重之明年尚書以
罪削職尋死邢如期詣海岱門則其家人竊石出將求
售主因以兩貫市歸後邢至八十九歲自治葬具又囑
子必以石殉既而果卒子遵遺教瘞石墓中半年許賊
發墓刼石去子知之莫可追詰踰二三日攜僕在道忽
見兩人奔躓汗流望空自投曰邢先生勿相逼我二人
將石去不過賣四兩銀耳遂縶送諸官一訊遂伏問石
則鬻諸宮氏取石至官愛玩欲得之命寄諸庫吏舉石
石忽墮地碎爲數十餘片閤不失色官乃重械兩盜而

放之邢子拾石出仍瘞墓中

異史氏曰物之尤者禍之府至欲以身殉石亦癡甚矣而卒之石與人相終始誰謂石無情哉古人云士爲知已者死非過也石猶如此而况人乎

曾友于

曾翁昆陽故家也翁初死未殮兩眶中淚出如瀋有子六人莫解所以次子悌字友于爲邑名士以爲不祥戒諸兄弟各自惕勿貽痛於先人而兄弟半迂笑之先是翁嫡配生長子成至七八歲母子爲強寇擄去娶繼室

生三子曰孝曰忠曰信妾生三子曰悌曰仁曰義孝以悌等出身賤鄙不齒因連結忠信若爲黨卽與客飲悌等過堂下亦傲不加禮仁義皆忿與友于謀欲相讎友于百詞寬譬不從所謀而仁義年最少因兄言亦遂止孝有女適邑周氏病死糾悌等往撻其姑悌不從孝憤然令忠信合族中無賴子往捉周妻搒掠無算拋粟毀器盎盂無存周告邑宰宰怒拘孝等因繫之將行申黜友于懼見宰自投友于品行素爲宰所仰重諸兄弟以是得無苦友于乃詣周所親負荊周亦器重友于訟遂

息孝歸終不德友于無何友于母張夫人卒孝等皆不爲之服宴飲如故仁義益忿友于曰此彼之無禮於我何損焉及葬把持墓門不使合厝友于乃殯母隧道中未幾孝妻亡友于招仁義往奔其喪二人皆曰期且不論功于何有再勸之鬨然散去友于乃自往臨哭盡哀隔牆聞仁義鼓且吹孝怒糾諸弟往毆之友于操杖先從入其家仁覺而逃義方踰垣友于自後擊仆之孝等拳杖交加毆不止友于橫身障阻之孝怒讓友于友于曰責之者以其無禮也然罪固不至死我不怙弟惡亦

不助兄暴如怒不解身代之孝遂反杖撻友于忠信亦相助毆兄聲勢震動里黨羣集排解乃散去友于即扶杖詣兄請罪孝逐去之不令居喪次而義創甚不復食飲仁代具造訟諸官訴其不爲庶母行服官簽牒拘孝忠信而令友于陳狀友于以面目損傷不能詣署但作詞稟白哀求關寢宰遂銷案不行義亦尋愈由是讎怨益深仁義皆幼弱輙被敲楚懟友于曰人皆有兄弟我獨無友于曰此兩語我宜言之兩弟何云因苦勸之卒不聽友于遂扃戶攜妻子借寓他所離家五十餘里冀

不相聞友于在家雖不助弟而孝等猶稍稍顧忌之旣
去諸兄一不當輒呌罵其門辱侵母諱仁義度不能抗
惟杜門思乘間刺殺之行則懷刃一日寇所掠長兄成
忽攜婦亡歸諸兄弟以家久析聚謀三日竟無處可以
置之仁義竊喜招去共養之往告友于友于亦喜卽歸
共出田宅居成諸兄怒其市惠登其門窘辱之而成久
在寇中習於威猛闞之大怒曰我歸更無人肯置一屋
幸三弟念手足又罪責之是欲逐我耶以石投孝孝仆
仁義各以杖出捉忠及信並撻無數成不待其訟先訟

之宰又使人請教友于友于不得已詣宰俛首不言但
有流涕宰問之唯求公評宰乃判孝等各出田產歸成
使七分相準自此仁義與成倍益愛敬談次忽及葬母
事因並泣下成恚曰如此不仁是禽獸也遂欲啟壙更
爲改葬仁義奔告友于友于急歸諫止之成不聽刻期
發墓作齋於塋以刀削樹謂諸弟曰所不衰麻相從者
有如此樹衆唯唯於是一門皆哭臨安厝盡禮由此兄
弟相安而成性剛烈輒批撻諸弟而於孝等尤甚惟重
友于盛怒時友于至一言可解孝有所行成往往不平

之因之孝無十日不至友于所潛對友于詬詆友于婉諫卒不納友于不堪其擾又遷之於三泊僦屋而居去家益遠音迹遂疎踰二年諸弟皆長懦成久遂相習紛競絶少而孝年四十六生五子長繼業三繼德皆嫡出次繼功四繼績皆庶出又婢出繼祖皆成立亦效父舊行各爲黨日相競孝亦不能呵止惟祖無兄弟年又最幼諸兄皆得而詬厲之岳家故近三泊會詣岳竊迂道詣叔入門見叔家兩兄一弟絃誦怡怡樂之久居不言歸叔促之哀求寄居叔曰汝父母皆不之知我豈惜甌

飯瓢飲乎乃歸過數月夫妻往壽岳母告父曰我此行不歸矣父詰之因吐微隱父慮與有夙郤計難久居祖曰父慮過矣二叔聖賢也遂去攜妻之三泊友于除舍居之以齒兒行使執卷從長子繼善祖最慧寄籍三泊家中兄弟益不相能一日微反脣業詬辱庶母功怒刺殺業官收功重械之數日死獄中業妻馮氏猶日以罵代哭功妻劉聞之怒曰汝家男子死誰家男子活耶操刀入擊殺馮自投井中亦死馮父大立悼女慘死率諸子弟藏兵衣底往捉孝妻裸撻上下以辱之成怒曰我

家死人如麻馮氏何得復爾吼奔而出諸曾從之諸馮盡靡成首捉大立割其兩耳其子護救繼續以鐵杖橫擊折其兩股諸馮各被夷傷鬨然盡散惟馮子猶臥道周衆等莫可方略成夾之以肘置諸馮村而還遂呼繼續詣官自首馮狀亦至於是諸曾皆被收惟忠亡去至三泊徘徊門外猶恐兄念舊惡適友于率一子一姪入闈歸望見驚曰弟何來忠長跪道左友于益駭握手入詰得其情驚曰且爲柰何一門乖戾逆知奇禍久矣不然胡以竄跡如此兄離家既久與大令無聲氣之通今

卽匍伏而往祇取辱耳但得馮父子傷重不死吾三人倖有捷者則此禍可以少解乃留之晝與同餐夜與共寢忠頗感愧居十餘日又見其叔姪如父子兄弟皆如同胞悽然下淚曰今始知曩日非人友于亦喜其悔悟相對酸惻俄報友于父子同科祖亦副榜大喜不赴鹿鳴先歸展墓明季甲第最重諸馮皆爲斂息友于乃託親友賂以金粟資其醫藥訟乃息舉家共泣乞友于復歸友于乃與兄弟焚香約誓俾各滌慮自新遂移家還祖從叔不欲歸其家孝乃謂友于曰我乏德不應有亢

宗之子弟又善教卽從其志俾姑寄名爲汝後有寸進時可賜還也友于從之後三年祖果舉於鄉使移家去夫妻皆痛哭而去居數日祖有兒方三歲亡歸友于家不復反捉去輒逃孝乃異其居令與友于鄰祖啟戶於隔垣通叔家兩間定省如一焉自此成亦漸老一門事皆取決友于因而門庭雍穆稱孝友焉

異史氏曰天下惟禽獸止知母而不知父奈何詩書之家往往而蹈之也夫門內之行其漸漬子孫者直入骨髓故古云其父殺人報讎子必行刼其流弊然也孝雖不仁其報已慘而卒能自知乏德託子於弟宜其有操心慮患之子也論果報猶迂矣

嘉平公子

嘉平某公子風儀秀美年十七八入郡赴童子試偶過許倡之門門內有一麗人因目注之女微笑點其首公子喜近就與語女便問寓居何所具告之問寓中有人否曰無女云妾夕間奉訪勿使人知公子諾而歸既暮排去僮僕女果至自言小字溫姬且云妾慕公子風流遂背媼而至區區之意深願奉以終身公子亦喜約以

重金相贖自此三兩夜輒一至一夕冒雨而來入門解
去溼衣罥諸椸上已乃脫足上小韡求公子代去泥塗
遂上牀以被自覆公子視其韡乃五文新錦沾濡殆盡
惜之女曰妾非敢以賤務相役欲使公子知妾之癡於
情也聽牕外雨聲不止遂吟曰淒風冷雨滿江城求公
子續公子辭以不解女曰公子如此一人何乃不知風
雅使妾情興消矣因勸令肄習公子諾之往來既頻僕
輩皆知公子有姊夫宋氏亦世家子聞其事竊求公子
一見溫姬公子言之女必不可宋隱身僕舍俟女至伏

牕窺之顛倒欲狂急排闥女起踰垣而去宋嚮往殊殷
乃修贄詣媼指名求之則果有溫姬而死已多年宋愕
然而退以告公子公子始知爲鬼而心終愛好之至夜
以宋言告女女曰誠然顧君欲得美女子妾亦欲得美
丈夫各遂所願足矣人鬼何論焉公子以爲然試畢而
歸女亦從之他人不見惟公子見之至家寄諸齋中公
子獨宿不歸父母疑之女歸寧始隱以告母父母大驚
戒公子絕之公子不能聽父母深以爲憂百術驅遣不
得去一日公子有諭僕帖置案上中多錯謬椒訛菽薑

訛江可恨訛可浪女見之書其後云何事可浪花菽生江有壻如此不如爲娼遂告公子曰妾初以公子世家文人故蒙羞自薦不圖虛有其表以貌取人毋乃爲天下笑乎言已而没公子雖愧恨猶不知所題折帖示僕聞者傳以爲笑

異史氏曰溫姬可兒翩翩公子何乃苛其中之所有哉遂至悔不如娼則妻妾羞泣矣顧百計遣之不去而見帖浩然則花菽生江何殊於杜甫之子章髑髏哉

苗生

龔生岷州人赴試西安憩於旅舍沽酒自酌一偉丈夫入坐與語談生舉巵勸客客亦不辭自言苗姓言劇粗豪生以其不文偃蹇遇之尊既盡不復喚沽苗曰措大飲酒使人悶損矣起向壚頭出錢行沽提一巨瓻而入生辭不飲苗捉臂勸釂臂痛欲折生不得已爲盡數觴苗以羹椀自吸笑曰僕不善勸客行止惟君所便生即治裝行約數里許馬病臥於途坐待路側行李重累無所方計苗尋至詰知其故遂謝裝付僕已乃以肩承馬腹而荷之趨二十餘里始至逆旅釋馬就櫪移時生主

僕方至生乃驚爲神人相待優渥沽酒市飯與共餐飲
苗曰僕善飯非君所能飽飲可也引盡一缻乃起而別
曰君醫馬尚須時日余不能待行矣遂去後闈畢三四
友人邀登華山藉地作筵方共宴笑苗忽至左攜巨尊
右提豚肘擲地曰聞諸君登臨敬附驥尾衆起爲禮相
並雜坐豪飲甚懽衆欲聯句苗爭曰縱飲甚樂何必愁
思衆不聽設金谷之罰苗曰不佳者當以軍法從事衆
笑曰其罪不至於此苗曰如不見誅僕武夫亦能之也
首座靳生曰絕巘憑臨眼界空苗信口而續之曰唾壺

擊缺劍光紅下座沉吟既久苗遂引壺自傾移時以次
屬句漸涉鄙俚苗呼曰只此已足如赦我者勿作矣客
弗之聽苗不可復忍遽作龍吟山谷響應又起俛仰爲
獅子舞詩思既亂衆乃罷吟因而飛觴再酌時已半醉
客互誦闈中作迭相贊賞苗不欲聽牽生豁拳二人勝
負屢分而諸客誦贊未已苗厲聲曰僕聽之已悉此等
文只宜向牀頭對婆子讀耳廣衆中刺刺者可厭也衆
有慚色又更惡其粗莽遂益高吟苗怒甚伏地大吼立
化爲虎撲殺諸客咆哮而去所存者惟生及靳靳是科

領薦後三年再經華陰忽見嵇生亦山上被噬者大恐欲馳嵇捉鞚使不得行蔪乃下馬問其何爲荅曰我今爲苗生之倀從役良苦必再殺一士人始可相代三日應有儒服儒冠者見噬於虎然必在蒼龍嶺下始是代某者君於是日多邀文士於此即爲故人謀也蔪不敢辯敬諾而别至寓所籌思終夜莫知爲謀自拚背約以聽鬼耳適有表戚蔣生來蔪述其異蔣名下士邑尤生考居其右竊懷忌嫉是日聞蔪言隂欲陷之折簡邀尤與共登臨自乃着白衣而往尤亦不解其意至嶺半肴

酒並陳敬禮備至會郡守登嶺上守故與蔣爲通家聞在下遣人召之蔣不敢以白衣往遂與尤易冠服交着未竟虎驟至銜蔣而去

異史氏曰得意津津者捉襟袖强人聽聞聞者欠伸屢作欲睡欲遁而誦者足蹈手舞茫不自覺知交者亦當從旁肘之躡之恐座中有不耐事之苗生也然嫉忌易服而虆則知苗亦無心者耳故厭怒者苗也非苗也

姊妹易嫁

掖縣相國毛公家素微其父常爲人牧牛時邑世族張

姓者有新阡在東山之陽或絰其側聞墓中叱咤聲曰若等速避去勿久溷貴人宅張聞亦未深信旣又頻得夢警曰汝家墓地本是毛公佳城何得久假此由是家數不利客勸徙葬吉張聽之徙焉一日相國父牧出張家故墓猝遇雨匿身廢壙中已而雨益傾盆潦水奔穴崩渹灌注遂溺以死相國時尚孩童母自詣張願丐咫尺地掩兒父張徵知其姓氏大異之行視溺死所儼然當置棺處又益駭乃使就故壙窆焉且令攜若兒來葬已母偕兒詣張謝張一見輒喜即留其家教之讀以齒

子弟行又請以長女妻兒母駭不敢應張妻云旣已有言奈何中改卒許之然此女甚薄毛家怨慚之意形於言色有人或道及輒掩其耳每向人曰我死不從牧牛兒及親迎新郎入宴彩輿在門而女掩袂向隅而哭催之妝不妝勸之亦不解俄而新郎告行鼓樂大作女猶眼零雨而首飛蓬也父止壻自入勸女女涕若罔聞怒而逼之益哭失聲父無奈之又有家人傳白新郎欲行父急出言衣妝未竟乞郎少停待即又奔入視女往來者無停履遷延少時事愈急女終無回意父無計周張

欲自死其次女在側頗非其姊苦逼勸之姊怒曰小妮子亦學人喋聒爾何不從他去妹曰阿爺原不曾以妹子屬毛郎若以妹子屬毛郎更何須姊姊勸駕也父以其言慷爽因與伊母竊議以次易長母即向女曰迕逆婢不遵父母命欲以兒代若姊兒肯否女慨然曰父母教兒往也即乞丐不敢辭且何以見毛家郎便終餓莩死乎父母聞其言大喜即以姊妝妝女倉猝登車而去入門夫婦雅敦好逑然女素病赤鬝稍稍介公意久之浸知易嫁之說由是益以知己德女居無何公補博士

弟子應秋闈試道經王舍人店店主人先一夕夢神曰旦日當有毛解元來後且脫汝於厄以故晨起專伺察東來客及得公甚喜供具殊豐善不索直特以夢兆厚自託公亦頗自負私以細君髮鬑鬑慮爲顯者笑富貴後念當易之已而曉榜既揭竟落孫山咨嗟蹇步懊惋喪志心赧舊主人不敢復由王舍以他道歸後三年再赴試店主人延候如初公曰爾言初不驗殊慚祇奉主人曰秀才以陰欲易妻故被冥司黜落豈妖夢不足以踐公愕而問故蓋別後復夢而云公聞之惕然悔懼木

立若偶主人謂秀才宜自愛終當作解首未幾果舉賢書第一人夫人髮亦尋長雲鬟委綠轉更增媚姊適里中富室兒意氣頗自高夫蕩惰家漸陵夷空舍無烟火聞妹爲孝廉婦彌增慚怍姊妹輒避路而行又無何良人卒家落頃之公又擢進士女聞刻骨自恨遂忿然廢身爲尼及公以宰相歸强遣女行者詣府謁問冀有所貽比至夫人餽以綺縠羅絹若干疋以金納其中而行者不知也攜歸見師師失所望恚曰與我金錢尚可作薪米費此等儀物我何須爾遂令將回公及夫人疑之

及啟視而金具在方悟見卻之意發金笑曰汝師百餘金尚不能任焉有福澤從我老尚書也遂以五十金付尼去曰將去作爾師用度多恐福薄人難承荷也行者歸具以告師默然自歎念平生所爲輒自顛倒美惡避就豈由人耶後店主人以人命事逮繫囹圄公爲力解釋罪

異史氏曰張公故墓毛氏佳城斯已奇矣余聞時人有大姨夫作小姨夫前解元爲後解元之戲此豈慧黠者所能計較耶嗚呼彼蒼者久不可問何至毛公其應如

響

按文簡封翁諱敏以孝廉任杭州府學教授生五子文簡最少封翁年八十餘文簡官少宰乃受封而卒其塋地自趙宋時沿葬歷有達者至文簡卒始卜西山新阡乾隆壬戌予與文簡裔人共修掖縣志曾親至毛氏新舊兩塋覽其碑表徵事實焉至文簡夫人一段畢氏蟬雪集中所載亦與此小異夫人姓官氏姊陋文簡有文無貌臨嫁而悔妹承父母意遂代姊歸文簡文簡既貴姊自恨出家爲女道士妹餽遺之都不肯受淸修登上壽文簡林下廿餘年頗與過從

談道相敬重云任城孫擴圖識

、番僧

釋體空言在青州見二番僧象貌奇古耳綴雙環被黃布鬚髮鬈如自言從西域來聞太守重佛謁之太守遣二隸送詣叢林和尚靈轡不甚禮之執事者見其人異私款之止宿焉或問西域多異人羅漢得無有奇術否其一輾然笑出手於袖掌中托小塔高裁盈尺玲瓏可愛壁上最高處有小龕僧擲塔其中矗然端立無少偏

倚視塔上有舍利放光照耀一室少閒一手招之仍落掌中共一僧乃袒臂伸左肱長可六七尺而右肱縮無有矣轉伸右肱亦如左狀

李司鑑

李司鑑永年舉人也於康熙四年九月二十八日打死其妻李氏地方報官上憲行縣查審司鑑在府前忽於肉架下搶一屠刀奔入城隍廟登戲臺上對神而跪自言神責我不當聽信奸人在鄉黨顛倒是非著我割耳遂將左耳割落拋臺下又言神責我不應騙人銀錢著

我剁指遂將左指剁去又言神責我不當姦淫婦女使我割腎遂自閹昏迷僵仆時總督朱雲門題參革褫究擬已奉諭旨而司鑑已伏冥誅矣見邸抄

保住

吳藩未叛時嘗諭將士有獨力能擒一虎者優以廩祿號打虎將將中一人名保住健捷如猱邸中建高樓粱木初架住沿樓角而登頃刻至顛立脊檁上疾趨而行凡三四返已乃踴身躍下直立挺然王有愛姬善琵琶所御琵琶以煖玉爲牙柱抱之一室生溫姬寶藏非王

手諭不出示人一夕宴集客請一覩其異王適怖期以翼日時住在側曰不奉王命臣能取之王使人馳告府中內外戒備然後遣之住踰十數重垣始達姬院見燈輝室中而門扃錮不得入廊下有鸚鵡宿架上住乃作貓子叫既而學鸚鵡鳴疾呼貓來擺撲之聲且急聞姬云綠奴可急視鸚鵡被撲殺矣住隱身暗處俄一女子挑燈出身甫離門住已塞入見姬守琵琶在几上徑攜趨出姬愕呼寇至防者盡起見住抱琵琶走逐之不及攢矢如雨住躍登樹上牆下故有大槐三十餘章住穿行樹杪如鳥移枝樹盡登屋屋盡登樓飛奔殿閣不啻翅翮瞥然間不知所在客方飲住抱琵琶飛落筵前門扃如故雞犬無聲

水災

康熙二十一年苦旱自春徂夏赤地無青草六月十三日小雨始有種粟者十八日大雨沾足乃種豆一日石門莊有老叟暮見二牛鬬山上謂村人曰大水將至矣遂攜家播遷村人共笑之無何雨暴注徹夜不止平地水深數尺居廬盡沒一農人棄其兩兒與妻扶老母奔

避高阜下視村中已爲澤國並不復念及兒矣水落歸家見一村盡成墟墓入門視之則一屋僅存兩兒並坐牀頭嬉笑無恙或謂夫妻之孝報云此六月二十日事

康熙三十四年平陽地震人民死者十之七八城郭盡墟僅存一屋則孝子某家也茫茫大刼中惟孝子嗣無恙誰謂天公無皁白耶

諸城某甲

學師孫景夏先生言其邑中某甲者值流寇亂被殺首墮胸前寇退家人得尸將舁瘞之聞其氣縷縷然審視之咽不斷者盈指遂扶其頭荷之以歸經一晝夜始呻以匕箸稍稍哺飲食半年竟愈又十餘年與二三人聚談或作一解頤語衆爲鬨堂甲亦鼓掌一俯仰間刀痕暴裂頭墜血流共視之氣已絕矣父訟笑者衆斂金賂之又葬甲乃解

異史氏曰一笑頭落此千古第一大笑也頸連一綫而不死直待十年後成一笑獄豈非二三鄰人負債前生者耶

戲縊

邑人某佻達無賴偶游村外見少婦乘馬來謂同游者我能令其一笑衆未深信約賭作筵某遽奔去出馬前連聲譁曰我要死因於牆頭抽粱䕸一本橫尺許解帶挂其上引頸作縊狀婦果過而哂之衆亦粲然婦去既遠某猶不動衆益笑之近視則舌出目瞑而氣真絕矣粱本自經豈不奇哉是可以爲儇薄之戒

聊齋志異卷三終